LOS CÉSARES PERDIDOS

LOS CÉSARES PERDIDOS

Odalys Leyva Rosabal

LOS CÉSARES PERDIDOS
Tercera edición, Naples, Florida, 2022
Segunda, Miami, 2020
Primera edición, Las Tunas, 2009

ISBN: 9798419719347
Edita: Fundación Editorial Cacique Turquino
Email: norgesanchez@gmail,com
https: (facebook) Fundación Editorial Cacique Turquino
Edición y maquetación: F. E. Cacique Turquino

LOS QUE VAN A VIVIR TE SALUDAN

La recreación de contextos históricos de relevancia para el devenir de la humanidad —en especial los enmarcados en lo que alguna vez se dio en llamar Edad Antigua— ha sido uno de los procederes más frecuentes en la literatura contemporánea, a resultas de la dominante cultural de la posmodernidad.

Dentro de ese panorama, la poesía cubana escrita en décimas —en franca y nutritiva revitalización desde finales de los 80, con cotas muy gananciosas en la finisecularidad— ha evidenciado cierta preferencia, en una apreciable nómina de autores, hacia la referida opción escritural. Las más de las veces, con saldos estéticos de interés, cuando la búsqueda trasciende la mera evocación de lo pretérito y la hace derivar hacia replanteos escrutadores de conflictos vigentes.

En esa línea exploradora se inscribe Los Césares perdidos, un bien construido retablo recontextualizador de aquella Roma clásica de república y esclavos y senado y dictadores, con cuya arquitectura grave y aristocrática se diría que ha sabido Odalys Leyva contaminar la armazón léxico-tropológica de su conjunto poético.

Beneficiada por un atinado aprovechamiento de legados de la época, en campos como la oratoria, el teatro y el coro polifónico, por su parte la atmósfera discursiva que teje la autora alcanza una elegante vehemencia embridada por su mano con pasión que no se recata, pero evita la estridencia.

En punto de mesura, precisamente, merece párrafo aparte el redescubrimiento que hace Odalys del desenfado transgresor en lo sexual a que asistió el período, filo de navaja por el cual acierta a transitar la autora sin rebasar los lindes deseables para el arte:

...Como un escudo / el goce es tempestad, concierto agudo / (varias hembras se tuercen en la cama / y los machos se inquietan). ¿Quién derrama / esa sofocación de prole oculta?...

Y no se trata, por cierto, de una simple contemplación acrítica del desbordamiento libérrimo del Eros. Versos antes, había deplorado el desencadenamiento de la pasión carnal desvestida de la humana sublimidad:

...(El incesto provoca la agonía / entre Roma y Egipto.) Quien se asombre / ha de perder lugar en su desnudo, / y morirá por siempre en esa Roma / donde el sexo es fugaz y nadie asoma / parlamentos de amor...

Pero con todo, lo apuntado hasta aquí, si válido, quedaría solamente en mero regodeo, en fisgoneo deleitoso dentro de un abultado tomo de la historia humana. No es este el caso. En Los Césares perdidos hay mucho más allá.

Del texto asciende un clamor de Cleopatra relegada, un reclamo de protagonismo merecido y escamoteado, una denuncia lírica de las máscaras, de la intolerancia a la otredad, del fasto avasallador de los ensueños, de la engañosa veneración que esconde un verdadero enclaustramiento de las almas:

Cuántas bahías secretas / guardan las antiguas redes / que rompen en sus paredes / el grito de los profetas.

Y esto es ya tomar fulgores del pasado para arrojar más luz sobre el presente e incierto rumbo. Porque estos Césares no son perdidos por haber quedado ha mucho en páginas remotas: Su perdición estriba en el extravío de lo esencial humano, y ello pasa por el olvido de la veneración a que convoca el maravilloso origen natural de la criatura.

Odalys Leyva Rosabal es la segunda poetisa que merece el Premio Cucalambé en su etapa iberoamericana (la anterior fue María de las Nieves Morales en el 2002) y lo ha logrado con la conversión, poesía mediante, de estos Césares que ya no son hombres ni mujeres, a pesar del discurso genuinamente femenino de que puede preciarse el volumen. Son, luego de su escritura, más allá de toda ubicación en algo tan poco sustantivo como el género, Césares humanos, ante los cuales vale la paráfrasis: Los que vamos a vivir, te saludamos.

Pedro Péglez González
Escritor y periodista, Ciudad de La Habana.

A Miguel Ángel Moreno Aurioles,
Omayda Rosabal, Delbey Leyva
y Jorge Moreno Aurioles desde nuestra Roma,
en la división de Las Tunas y Camagüey,
ciudad misteriosa de Guáimaro.

A Diusmel Machado, Ronel González
y Fredo Arias de la Canal;
quienes conocen a los emperadores,
desde el principio.

Al final yo soy la sombra
que va conmigo del brazo.

Yunior Felipe Figueroa

I

DEMONIO LUJURIOSO DEL REFLEJO

Era todo lo que quedaba de César en la tierra,
César descendiente de dioses y de reyes,
conquistador del mundo
y dueño supremo de la república romana.

GERARD WALTER

César tenía siempre en los labios los versos de Eurípides
que tradujo de esta manera:
"Nam si violandum est jus, regnandi gratia
Violandum est: aliis rebus pietatem colas".

CICERÓN

INVOCACIÓN DE CAYO JULIO CÉSAR

Vosotros lo queréis, pero sabed
que este joven destruirá algún día la aristocracia,
porque veo en él muchos Marios.

SILA

Marchemos adonde nos llaman
los signos de los dioses y la iniquidad de los enemigos.
Jacta alea est.

CAYO JULIO CÉSAR

No me toquen. No estoy listo
para desvestir remedos.
Soy César, a los enredos
envidiables me resisto.
Soy Flamen Dialis. Insisto
en mi dignidad romana.
Nadie se atreva, no hay gana
de tocar al vientre impuro,
aunque me acusen, perjuro
Pontifex Maximus.

II

(Sana
Júpiter en los placeres
ofrecido al sexo fácil
donde la vulva es un grácil
infierno de oscuros seres.)
¡Sacerdote soy! ¡Mujeres,
apartad la hoguera! Miento.
Hay bajo piel un violento
crimen de pasión. Oh Roma,
ya en la sangre se me asoma
la ciudad del sufrimiento.

III

De L. Cornelio Merula
me dio una hija la noche,
y en sus senos abrí el broche
caudaloso de la gula.
Ya mi pudor no simula
un santo, ni mis verdugos
hunden en la piel sus yugos...
Cornelio, el ansia es tangible
y yo soy el invisible
deudor del hambre. Mendrugos
he de guardar. Mi partida
es como un canto inminente
(la audacia es inteligente
si intuyes la fe perdida).
No he de dañarte...

IV

Mi herida
alienta a los proscriptores
que en inútiles clamores
me nombran sabio, lunático.
Parto a Grecia. Es el Adriático
mi hogar. Los ejecutores
muerden rabias, me perdonan.
Es el gobierno de Sila
el que protesta, destila
los odios que le destronan.
¿A qué hoguera me abandonan
las malas lenguas? Confieso:
soy Marios que vuelve ileso
a la ciudad, pero huye
porque Roma se construye
con dolor de mis excesos.

A VECES MUDA

Estoy aquí tal vez un poco muda;
indiscutible, sí, pero desnuda
(golondrina que acaso jamás vuele).
A veces soy la piedra y no me duele
del mundo cómo oscilan sus perfiles.
Y soy la dama ciega sin alfiles
(Artemisa, Penélope, Cleopatra).
Nadie grite, no soy quien idolatra
el símbolo ilusorio que nos dicta
un negligente azar.
                    Soy la convicta.

TESTAMENTO DE TOLOMEO XII

Esta es mi voluntad, mi certidumbre.
Proclamo a Egipto mi pasión y gloria
y no puede fallar en la memoria
el trono en que se asienta la costumbre.

Cleopatra ha de regir la muchedumbre,
y el hermano también. Es el trofeo
mejor si compartido. Sólo creo
que no acude a la sangre la certeza.
Será duro que reine la tristeza
como desquite a mi mayor deseo.

ORDEN DE TOLOMEO XIII

Bendito seas, Aquilas,
dale muerte a esa impostora
de mi hermana. Ya demora
su condena. Si destilas
la verdad, pronto mutilas
su rostro. Yo he de pagar
mis tesoros porque el mar
ofrezca su cautiverio
a la diosa del misterio
donde pude naufragar.

DESDE CLEOPATRA

Ave César, aguardo tu llegada
y tiembla de fragor mi pubis duende.
Agoniza esta llama que pretende
ungir mis labios de tu miel sagrada.
Ante la impavidez de tu mirada
blasfeman mis cadenas el delito:
ambiguo talismán, fuego proscrito
en mis carnes purgadas de soborno.
¡César, clava tu cruz como un adorno
contra el volcán de sueños donde grito!

EXPULSIÓN DE ARSINOE POR CLEOPATRA

Ha conminado a la joven doncella
lejos de la fecunda Alejandría
mi voluntad, perpetua lejanía
que impulsa la oración de una querella.
Pude embestir mis dioses contra ella,
pero sufrí memoria de la cuna.
Sin embargo, la Reina es sólo una
y es ambiguo el ardor del vasallaje.
Cómo no he de rabiar, si el homenaje
espanta y martiriza mi fortuna.

SÚPLICA DE ARSINOE AL EUNUCO

—Ven, mi dulce Arsinoe, en la redada
la sangre se me ha vuelto una tormenta.

—Ganímedes, si dura fue la afrenta
no permitas que llore tu escapada.
He de morir sin ruidos por la espada
del odio que provoca un maleficio
en el ardid fatal de mi suplicio.
No siempre fue mi ejemplo la obediencia;
pero no me abandones. La violencia
es hija de la senectud del juicio.

II

Mis ojos son el trono, y como diosa
por mi sangre va el Arca sin Noé
huyendo de mi estirpe. Pronto he
de saltar el enigma que me acosa.
(A los pies del eunuco no reposa
el porvenir; no obstante, los tropeles
claman por mi ventura, pero infieles
adoran a mi espalda al adversario.)
Si la cruz no me busca, ¿qué santuario
habrá de desterrarme a los burdeles?

III

Contra el César me erijo, contra Roma,
contra el yugo que muerde a Tolomeo;
y es mi sangre bañada por el reo
que mezcla su dolor con el aroma
de mi aliento prohibido.
El odio asoma
su temor sobre un odio más profuso.
La traición es la paz, mas no rehúso
al trono que mi padre me arrebata.
Y no voy a morir, no si me mata
el amor que imposible se me opuso.

NICOMEDES IV EN UNA ALUCINACIÓN

Es probable que envenenara a su padre.
M. CARCOPINO

Es cierto que lo he matado
(dominante el acertijo).
Quise el trono. Soy el hijo
imperfecto que ha pecado.
Cómo ignorar el pasado.
La lengua es un siglo oscuro
que padece lo inseguro
y miente su derrotero.
Soy mi propio prisionero.
Todo es verdad.

II

Me torturo
en las infames almohadas
de una corona corrupta.
Y mi reino es una abrupta
noche (un sol de risotadas
que molestan).
                    Mis espadas
giran y Roma silencia
la inútil benevolencia
que me trastorna el descanso.
Pero soy un rey, no el manso
ángel de la penitencia.

CLEOPATRA DESAHOGA SUS LABERINTOS

...frente al burdo espejismo de Roma
no hay quien haga lo bueno, no hay quien
busque entre lo absurdo la salvación.

RONEL GONZÁLEZ SÁNCHEZ

Su íntimo trato con Nicomedes constituye una mancha
en su reputación, que le cubre de eterno oprobio
y por lo cual tuvo que sufrir los ataques de muchos satíricos.
Omito los conocidísimos versos de Calvo Licinio:
"Bithinia quicquid et poedicator Coesaris umquam habuit".

SUETONIO

No importa que mi piel sea laberinto
cuando en mí apenas tiembla la cordura.
Existe un vericueto en la locura
y se enerva la raza de mi instinto.
No habrá dioses que escondan el recinto
donde a mi César lo ha besado un hombre.
¿Por qué soy tan fatal con otro nombre?
¿Por qué duermen mis ganas en la orgía?
(El incesto provoca la agonía
entre Roma y Egipto.) Quien se asombre
ha de perder lugar en su desnudo,

y morirá por siempre en esa Roma
donde el sexo es fugaz y nadie asoma
parlamentos de amor. Como un escudo
el goce es tempestad, concierto agudo
(varias hembras se tuercen en la cama
y los machos se inquietan). ¿Quién derrama
esa sofocación de prole oculta?
Soy la reina, cuyo fragor insulta
a un César que su cuerpo no reclama.

LOS CÉSARES PERDIDOS

César tuvo también amores con reinas,
entre otras con Eunoè, esposa de Bagud,
rey de Mauritania,...;
pero a la que más amó fue a Cleopatra,
con la que frecuentemente prolongó festines
hasta la nueva aurora.
SUETONIO

I

Porque he llorado al César, si me vieses
en mi difícil traje de ermitaña,
la soledad en mí no es cosa extraña
aunque el fuego desnuda mis reveses.
¿Dónde guardo el calor que largos meses
disfrutara mi cuerpo lisonjero?

¿Adónde ha de partir mi desespero?
Ave César, desata tu lujuria.
Que mi cuerpo se funda en la penuria
como el magma en volcánico aguacero.

II

Me perturba tu indómito ostracismo
(mi remedio es oculta paradoja).
Si no valgo ante ti, si soy la floja
mordedura, si el trono no es el mismo...
¿por qué voy a rendir a tu egoísmo
una lágrima más?
                    Tu ciencia fría
se resume en vulgar paleografía,
mientras yo, de tu inútil parquedad
construyo lentamente una ciudad
sin la praxis de tu filosofía.

III

Será la piromancia tu obituario
cuando el cuerpo su llanto ya no calme
pero será mi lágrima el oxalme
que guardará tu grito reaccionario.
Roma tendrá en secreto el relicario
de aquel dolor pasado, ya neolítico.
Tu recuerdo caerá sobre lo mítico
de mi propia leyenda sin fisuras.
Será un placer cargar mis helgaduras
con tu obsoleto salmo de amor crítico.

IV

Qué absurda la marioneta
que en las noches sin relente
echó su savia elocuente
en mi paciencia discreta.
Fui rehén, la fácil treta
quedó escondida en mi espejo
(alguien frunce el entrecejo
cuando, en pequeña venganza,
pongo infiel en la balanza
el rostro del que me alejo).

V

¿Por qué mi ropa raída,
si los dulces manantiales
que conservo son iguales
al agua de mi partida?
¿Por qué la herida? ¿Mi herida
no acaba en el Coliseo?
¿Quién soy? ¿Quién soy si ya veo,
como Ariadna, roto el hilo?
Soy Penélope y vigilo
el retorno de Odiseo.

VI

César, ¿sabes qué presagio
se hunde en mis carnes? Traición
purgada en la salvación
es mi suplicante adagio.
Roma no sabe el naufragio
que en tus paredes se oculta.
César, el placer sepulta
las piedras de mi paciencia
porque en mí estalló la urgencia
de un abandono que insulta.

¿Temes a la maldición,
al acoso de una brújula
que te guía hacia mi esdrújula
y noctámbula pasión?
¡No soy la superstición
que huyendo del espectáculo
echa flor en el umbráculo
ciego, de una luz proterva!
César, la dama y la cuerva
se redimen ante el báculo.

VII

Porque en Roma no ha llovido
al fragor de la costumbre,
es que padezco esta herrumbre
con fantasmas del olvido.
¡Qué terrible es el descuido!
Al final sólo hay el muro
de un hospicio donde abjuro
de todo...
                    Que nada importe
cuando he perdido en el norte
de otro cuerpo mi futuro.

II

CULPABLE DE LA GLORIA

...subió luego al capitolio a la luz de las antorchas,
que encerradas en linternas, eran llevadas por cuarenta elefantes
alineados a derecha e izquierda. Cuando celebró su victoria
sobre el ponto, se advertía entre los demás ornamentos triunfales
un cartel con las palabras VENI, VIDI, VINCI ("llegué, vi, vencí").

SUETONIO

...que no ve a quien deba ceder César, y agrega,
que tiene en su dicción elegancia y brillantez,
magnificencia y grandeza.

CICERÓN

CLEOPATRA EN LA HABANA

La vuelta del hombre al primer plano
le otorgó un nuevo lugar en el arte.
Ni su alargada figura estilizada de raíz bizantina
ni el crudo naturalismo tendrían vigencia.
El hombre como tal iba a ser exaltado otra vez,
como en la antigüedad clásica.
Hacía Grecia y Roma había que dirigirla mirada
para aprender a traducir en términos plásticos
la dignidad humana.

MARCELO POGOLOTTI

La reina viene a La Habana,
se desviste y nadie sabe
si llega porque en la llave
de su cuerpo loco emana
un fragor que se desgrana
de su piel alejandrina.
Cleopatra viene, adivina
en estas calles su fuego,
y vuelve porque es un ruego
del ansia que no termina:

—La Habana duerme. Mi gloria
anda en busca de Teseo.
¿Por qué me agobian? Soy reo
en latifundios de euforia.
(Cleopatra gira en la noria
de interminables antojos:
se me tornan los despojos
huracanes en la piel).
La Habana se duerme, infiel
a Roma y sus desalojos.

Traigo muchachas, clamor
de subterfugios andantes
sin Césares diletantes
en su nube de fragor.

Traigo muchachas, ardor
con mordidas de leonas:
en mí son las amazonas
otro derrumbe posible.
La Habana no es el temible
reino del que me destronas.

Amanezco, si amanece
en mí la voz de Teseo.
Soy infiel al coliseo
de esta ciudad. (Nadie rece
por mí, porque desvanece
el camino hacia la orgía.)
Ser Cleopatra es la jauría
de mi desnudez sonora.
¡Quemo barcos! ¿Quién desflora
mi senda? ¿Cuál ironía
satisface la oración
de un dios con plebe dichosa
cuyo sexo es la rabiosa
manera de salvación?

(Qué importa si Agamenón
duele por toda mi orilla,
si confundo la semilla
en viaje de Carpentier).

Isis ha vuelto... ¿Quién ve
a Cleopatra? ¿No se ovilla
su clítoris en la bruma?
¿Por qué cantar me es ajeno?
Roma no esconde el veneno,
y yo no grito la espuma.
Soy una más en la suma
de una ciudad que se agota.
¿Por qué mi barca está rota?
¿Por qué La Habana se duerme
si a nadie le importa verme?

¿La calle es otra derrota?

CONFESIÓN DESPUÉS DE LA DEMENCIA

Nací un trece. No fue en Roma, el tren no existió en la ida ni hubo un César en mi herida espléndida; nada asoma vestigios. Estuve en coma por toda la eternidad. Nací un trece. ¿Qué orfandad me ha predicado un profeta? ¿Quién ha dicho que el asceta fue cómplice de mi edad?

Era martes, nací un trece en brazos de una partera. El reloj partió la esfera del milagro. "Nadie rece", dijo mi madre, "y quien bese su mano, tendrá razón si advierte la clonación de este siglo y el pasado, porque en Roma nunca he estado, ni un César es mi ilusión".

Yo sí he saltado los trenes. Amé a Roma sin cadenas, y supe las sordas penas de su reino en mis vaivenes. Me desnudé, y en sus sienes fui diosa de un rey cautivo. Calígula pensativo quiso amarme en su venganza... ¡Salté los trenes, mi lanza clavé en el recuerdo, y vivo!

EL ESCÁNDALO DE LA FIESTA DE LA BUENA DIOSA

Porque ni siquiera
puede dudarse de mi mujer.

CAYO JULIO CÉSAR

Pompeya
es mi tediosa mujer,
y no puede envejecer
mi buena suerte por ella.
Es la traición la que sella
un lujurioso incidente.
Su alcoba llena la mente
de un capricho detestable,
sensual, cuando lo culpable
sonríe pérfidamente.

Mi madre, loca, conjura
a la diosa un nuevo espanto,
y descubre junto al santo
la traicionera locura.

(Es mejor la sepultura
junto a su amante P. Clodio.)
Esta fiesta esconde el odio

de un hombre en castos umbrales
que viola antiguos rituales.
Soy César. He vuelto al podio.

Pompeya me ha traicionado.
Ha quebrado mis cerrojos
sus decadentes despojos.
Mi hogar padece el pecado.

Es cierto que me ha dañado
la mano de Cicerón,
y que logró la ocasión
de hurgar en mi domicilio,
mas no le temo al exilio
fatal de la sinrazón.

Esta es la fiesta sagrada
de las mujeres de Roma.
El pudor oscuro asoma
como filo de una espada
temible. Y es mancillada
mi prole en el juego amargo.
Mujer, te vas... sin embargo,
yo no soy un hombre fiel,
y la suerte es un bajel
que oscurece en su letargo.

CLEOPATRA, EN ARDID NOCTURNO, ENTRA DESNUDA A LA CÁMARA DEL CÉSAR

Cuánto fuego en el vientre de la noche,
cuánto grito en la antigua Alejandría,
y no sufro pasiones: letanía
es morder la manzana cuando el broche
queda cerrado al beso. No hay derroche
en el labio que gana miel y fruta.
¿Existe diferencia en la disputa
que va al goce supremo de la carne?

Si buscas mi quejido, es que la carne
tiene fuegos extraños donde muta.

El cielo nos presagia roca fuerte.
La luna, un suave canto de sirenas.
Y el alma es un ardor donde no hay penas
que sacudan el mar de nuestra suerte.
Anclamos toda el ansia —he de quererte
hasta en el miedo brusco de un naufragio.
¿Existe salvación? ¿No habrá presagio
que desdeñe la savia de tu boca?
Serás el dulce heraldo que convoca
en mi reino las llamas del adagio.

Es tu suave mirar un lago, y busco
en el fondo un extraño magnetismo
que descubra en mis ojos el nudismo
de sus peces amantes. Te seduzco
en un desliz de ropas. Es el brusco
intento de calmar tu poderío,
lo que mueve mis carnes si desvío
el curso de las aguas hasta el pozo
donde el goce, otra vez, es tan copioso
que desborda las márgenes del río.

APOCALIPSIS. RESURRECCIÓN DE LOS CÉSARES

Unos dicen que el mundo terminará presa del fuego,
otros dicen que del hielo. Por lo que pude aprender, del deseo.
Me adhiero a los que hablan a favor del fuego.
Pero si tuviera que perecer dos veces,
creo conocer lo suficiente de la ira para decir
que la destrucción por hielo también es estupenda y bastaría.

ROBERT FROST

Roma había acogido con alegría, la noticia
de la muerte de Tiberio (...) Los caballeros,
la plebe y las ciudades italianas
eran todas firmes partidarias de César

V. DIAKOV

[PRIMER ACTO: Cristo y Dios.
SEGUNDO ACTO: Julio César.
TERCER ACTO: Octavio Augusto.
ACTO CUARTO: Con Tiberio.
ACTO QUINTO: Con Calígula.
ACTO SEXTO: Con Nerón...
Apocalipsis, turbión.
La bondad de la lujuria:
un César guarda la furia
del hombre sin comunión].

PRIMER ACTO: Hay una voz que no encuentra la balanza de equilibrar la confianza de Cristo en su padre Dios.

—He de ceñirme a la coz de un César sin utopía, loco de alcohol... Su ironía es un lenguaje furtivo. Limpió la muerte en que vivo, y en mi muerte se desvía.

—Hijo, la resurrección sufre las constelaciones donde incendian las naciones el destierro a la razón.

—Padre, en el Armagedón mi tortura es de Tiberio: ¡olvidó que en el salterio del alma existe un acorde donde la paz tiembla al borde desnudo del cementerio! Dijo Tiberio: "Yo abjuro... Dios no pude perdonarme. Me retorcí sin quedarme en la tentación del muro... Julia me clavó el cianuro infame del abandono. Fue desterrada, ¿perdono su adulterio? Navajazo fue mi dolor, como un trazo doliente en la luz del trono... Es verdad que en mi gobierno Cristo fue crucificado: el talismán del enfado me acorrala en el Infierno. La ejecución fue el invierno leve, hechizo de mis ojos. Conspiraron los antojos, el sexo fue penitencia donde agoté la paciencia sin profetas ni cerrojos."

JINETES. SEGUNDO ACTO: El Hambre, la Muerte. Guerra. Apocalipsis que encierra a Roma en su triste pacto. Julio César fue un impacto de crueldad y tiranía.

—Maté, porque la agonía del odio se volvió pública, y destruí la república presa de mi alevosía.

— ¿Por qué tu locura infame? No perdono tu estilete. Soy Dios, ¿ordeno al Jinete que sus violencias derrame? César, no hay perdón... ¡Ven!, dame el llanto de tu armadura, la soledad. La tortura será un designio de espera donde clavar la bandera y sumergir tu locura.

VENGANZA. ACTO TERCERO: El hombre esconde la fusta. En Roma la paz augusta renace del desespero.

—Eres tú la paz que espero. Ten, Augusto, mi perdón.

—Gracias, Dios. Es mi pasión la belleza, donde el arte es la música que parte del centro de la ilusión. Con la palabra desnuda, en los poetas me exilio: Ovidio, Horacio, Virgilio... son la sombra que me escuda. El clamor es una duda en el bufón del espejo... Cleopatra olvidaba el viejo amor, besó a Marco Antonio: se refugió en el demonio lujurioso del reflejo... ¡He de vengar a mi raza! No existe en mi mente un trato, ni el juicio del triunvirato me convence. (Se disfraza Egipto.) Son pura brasa los ojos, la piel, el fuego de esta mujer... Mucho ruego por mi tierra. La orfandad nace en la inmoralidad insepulta adonde llego.

ABRIR TELÓN. ACTO CUARTO: Es la guardia pretoriana. Tiberio muere y desgrana la sublevación. El parto hizo del yugo un infarto. Le asesina la impiedad. Cristo —su virginidad— es la ambición de un abrigo; y el talismán, un testigo eufórico de maldad.

–A Julio César (Germánico) envenené, fraguó el odio. Con éxito subió al podio de mi gobierno tiránico. (El madero no fue el pánico, dañó su sangre otra vez, fue la voz de un triste pez que rasgó la madrugada.) Julio César, la carnada nocturna de la embriaguez...

ABRIR PUERTAS. ACTO QUINTO:

—Soy Calígula, Mesías. ¡Adorad las profecías en mi lujoso recinto! Mujeres, ¡salvad mi instinto, desnudas en la trinchera!, pues mi sexo es otra fiera. Mi boca se ha vuelto lava, y la ternura se clava en el burdel de mi hoguera.

—Calígula, la tibieza es un gobierno demente donde suplica su gente la gloria de la grandeza. Sufrirás en la vileza como un oscuro ritual. En el bosque terrenal no encontrarás alimento. Gobernaré en el lamento de mi altura celestial.

—¡Nada importa! ¡Soy un rayo! Y soy el centro del mundo. Mi gemido es el fecundo fragor en que me desmayo. ¡He de nombrar mi caballo Cónsul de Roma! Recelo del perfume sin consuelo. (Mi cadena es otro grito.) La venganza será el rito contra Tiberio Gemelo.

—Aquí dicto la condena por el daño que has causado: Morirás envenenado en una cama de pena, y sufrirás en la arena la traición de tu mujer. (Quebrantarás tu placer en lo falso y lo violento.) Firmo aquí mi juramento, viéndote desfallecer.

LOS DEMONIOS. SEXTA ESCENA:

—Madre mi renombre estruja sin clemencia... ¡Loca, bruja! He de dictar su condena: "Mátenla, dañó mi vena al criticar a mi amante..." Popea es el calcinante amor que guardo en mi pecho. No importa el vientre deshecho: la espada será quien cante.

—¡Es el fin! ¡Armagedón! Muerte a tu madre, a tu esposa. Ahora, otro llanto destroza tu indócil nombre: Nerón... Al final de la ilusión, a Octavia mató tu mano. Popea murió temprano por tu violencia. Y el ruido fue la muerte de un marido, como un ejemplo inhumano... Desposaste a Mesalina y, antes, mataste a su esposo. (Nerón no tiene reposo donde la muerte se afina.) No perdono tu doctrina. Apocalipsis, nación...*, ¡otra vez Armagedón! Te suicidas por el miedo. Dicto el fin porque no puedo salvarme en tu corazón.

UN REY. EL JUICIO FINAL:
Roma es un lugar violento.
Jehová desata el tormento
contra la furia y el mal.
No hay perdón, duele el caudal
de la sangre y la fiereza.
Ave César: la vileza

se ha vuelto un sitio candente.

No silbará la serpiente
en el reinado que empieza.

* Ana Rosa Díaz Naranjo

AL REGRESAR A LA CIUDAD SIMBÓLICA

¿Su-
realismo mediterráneo
del cine? Roto el lirismo,
se entroniza el conformismo
mediático sobre el cráneo
del gladiador (sucedáneo
de una absurda inteligencia).
Qué terrible inconsecuencia,
cuando el hombre y la serpiente
hicieron pacto. Es urgente
apelar a la paciencia.

Y Dios aplaude a Espartaco,
frenéticamente. Hay sangre
en la espada como un cangre
de dolor. ¿Por qué el atraco,
cuando Roma entierra el saco
del héroe y su derrotero?
Es un fatal prisionero
con un himno demagógico.
¿Hay un triunfo tecnológico,
en la razón que no espero?

Las nuevas axiologías
obran un séptimo arte
irreflexivo, ¿en qué parte
convergen las simetrías
del hombre? Quedan vacías
las arcas de quien cuestiona
esa fiebre que obsesiona,
y el abismo espiritual
es una imagen fatal:
The Matrix, otra persona
víctima de catalepsia
post-industrial (epilepsia
que sacude la esperanza).
¿Es otro cine, o venganza
de Dios? (El espectador
que prefiere al gladiador
como un animal teórico,
es objeto de escultórico
modo subvencionador.)

¿Somos reptiles? ¿O reos
de un anuncio proyectado
desde el trono del mercado?
¿Cuáles son nuestros trofeos?
Acaso, en los coliseos
donde buscamos perdón,
reina la alucinación:
pero un Oscar ¿hace gloria,
o nos echa en la memoria
otra estúpida ficción?

INTERPRETATIO ROMANA (PARA CLAUDIO)

Me duele la sicalíptica
situación, y no soy Druso
en el pensamiento abstruso
donde Tiberio es la elíptica
razón de versar la eclíptica
manía de ser utópico.
Me duele asumir lo tópico
sin ignorar el salterio,
y yo le impongo el cauterio
musical que brinda el trópico.

Claudio ve los lidiadores
y sabe que son acérrimos
enemigos, más ubérrimos
que los tristes gladiadores.
La guardia da sus escores,
Calígula se desarma
ante la muerte, y el arma
deja el trono a lo ridículo:
Claudio se sube al montículo
infalible de su Karma.

Baten los sueños eólicos
y el aire es el inexacto
clima donde surge el pacto
de criminales diabólicos.
Claudio padece los cólicos
del alcohol en honda llaga:
el miedo, culpable daga
por Júpiter, y la mística
es la medicina holística
emocional de una maga.

Yo creo en la osteopatía.
La cura no es la de Hipócrates:
sólo en el fragor de Sócrates
vivir ofrece una vía
filosofal (la homilía
anchurosa de lo típico).
El guerrero va en un hípico
trote por la gloria y llora,
y es que la suerte mejora
su padecimiento atípico.

III

OSCURA MÚSICA PARA MIS DEMONIOS

Tiberio opinaba que un buen pastor
debe esquilar a sus ovejas y no desollarlas.

SUETONIO

TEMPLO JÚPITER JULIOS

(El hombre que no tiene grandes aspiraciones
terminará preso de sí mismo, llorando el laberinto de su propia farsa,
haciéndole creer al mundo su sencillez y sufriendo
la decadencia de una raza mentida, de una raza
que aún no ha descubierto la delgadez del espíritu,
el intento patético y elucubrador de quien simula otra apariencia.)

Discurso —que improviso— para hacer creer a todos,
mi nobleza:

No le temo al mar Egeo.
De Venus soy descendiente,
no un criminal disidente como grita Tolomeo.
Su corona será el reo,
y mi ambición el caudal que brinda
el tesoro real de Cleopatra y su locura...
Abre piernas la tersura y me impone su ritual.

No soy el hombre plebeyo que se desnudó en Farsalia.
La guerra que armé en Tesalia era un grito de Pompeyo,
cuando me marcaba el sello diciendo que soy
tirano gobernador,
y que en vano Roma me adornaba el trono.
(Maté, maté el abandono de las tierras en mi mano).

En el campo de batalla el triunfo es estratagema,
matar se convierte en lema al que pase de la raya.
Somos bárbaros, ¿quién falla contra nuestra sinrazón?
Mi triunfo es la vocación de guerrear contra la Galia.
Me nombro dueño de Italia con ojos de aberración.

Era sin piedra,
con palos,
con la sangre y el degüello:
la muerte plagiaba el bello escenario de los galos.
Egipto, Numidia... (Malos hombres de abrupta guarida):
los maté con la estampida de un César que sólo hiere
al que ante su espada muere,
(¡Por Júpiter, con su herida!)

Sí, derroté a los Alpinos, a su presunción de recios,
al pavor de los helvecios, a los belgas.
Son genuinos mis guardias
como ladinos enfermos de la avaricia,
y mi nombre es la estulticia contra la invasión germánica:
es verdad que la tiránica suerte engendra mi pericia.
Me proclaman dictador,
la guerra civil infiere en un hombre
que digiere las llagas del sin valor.
¿Quién me proclama el pavor en Sicilia o en Cerdeña?
¿Quién teme del que se adueña de tan distantes regiones?
Soy dictador, mis legiones echa diablo
si se empeña en desdecir mi concierto.

(Dueño de Amiasis, de Zela,
he de prender una vela en honor de cada muerto.)
En África y Asia, el yerto camino de la patraña.
En Thapsos, Munda y España, guerras de campo sutil,
porque la guerra civil es la flor de mi guadaña.
Imperator César,
soy como de la patria el dueño,
un militar con empeño.
(A la democracia voy
si en las monedas estoy).
¿Mi efigie en oro aparece?

La plebe romana crece y, al mismo tiempo, la unión.
Como un dios, la absolución otorgo
a quien más me ofrece.

¡Qué dolor la profecía de los libros sibilinos!,
guardados de los felinos de inusual filantropía.
Conjuran, y en la herejía destruyen mi advocación
de la suerte,
donde engarzo infieles hidus de marzo.

(Me matan.
Grito: ¡Traición!)

LA LIRA DE ORFEO

La música no es el solo
camino que en los mortales
hace vibrar los rituales
sin la sonrisa de Apolo.
Nadie piense que me inmolo
por desazón de mi lira,
es que sufro de la ira
que ha maldecido mi boda.
La víbora se acomoda
y produce la mentira.
Ha puesto su cruel veneno
en Eurídice, que muere
como una trampa que infiere
el Hades. Provoco un trueno
y sufro, me arrojo al heno,
he de ir al subterráneo
mundo, que es el supedáneo
capricho de mi premura.
Su dios es otra tortura
que divaga en el cutáneo
rol de alocada cabeza…
Pongo música, ¿quién sabe
si me ha de servir de llave
para el ángel que no rcza?

EL HADES SUSPIRA, EMPIEZA A PONER SU CONDICIÓN A EURIDICE, A MI PASIÓN:

—¡No puedes mirar atrás, sabes que la perderás! Será la resurrección de la mujer que te abraza hasta el mundo de los vivos, donde sufren los testigos del odio que se disfraza. (La muerte es pura argamasa.)

LLEGA LA LUZ CUANDO ORFEO SE CONVIERTE EN OTRO REO. MIRA HACIA ATRÁS, DESVANECE EL CUERPO, TRISTE DECRECE Y LE SIRVE DE TROFEO:

— ¡No quiero más esta vida, ni acompañar los humanos! ¡Quiero estar solo! Son vanos los intentos de mi huida. ¡Yo sufro!, es la diluida culpa del rey de los muertos, que provoca los inciertos cantos de quien se disloca... Mi música irá a la roca. Seré el rey de los desiertos.

CUANDO LAS MUJERES TRACIAS ESCUCHAN DE APOLO EL LLANTO, LO ASESINAN BAJO EL MANTO DE SUS INFAMES FALACIAS. Se tornan crueles, reacias, para agradar a Dionisio. Imponen el sacrificio, decapitan al poeta que sucumbe ante la treta infame de un vil suplicio.

LAS AGUAS DEL RÍO HEBRO EN LA CABEZA FLOTANTE, OBSERVAN EL DILETANTE MUNDO QUE MUEVE EL REQUIEBRO DEL MÚSICO. "¿CÓMO ENHEBRO
–REZA, CALLADA, LA MUSA–
LA MELODÍA DIFUSA DEL HIJO QUE INÚTIL LLORA,
Y QUE ENTIERRA SIN DEMORA
LOS RECUERDOS,
¿SIN EXCUSA?".

VENDRÁ UN HOMBRE CON FUEGO EN LOS OJOS

Soy jinete de un caballo
cuya luz todo detiene,
y el albor del que no viene
es el anuncio de un rayo.

Jehová conoce el desmayo
porque le sustenta el frío,
el varonil desafío
del infiel, de quien se marcha
guarecido por la escarcha
de la muerte y el hastío.

ILUSIÓN DE PALABRAS

Nadie me ha dicho cómo los aurigas
barajan sus discursos ignorados.
Esos naipes traicionan mutilados
caminos que padecen las hormigas.
¿No saben el dolor que sus ortigas
azuzan en el canto de la unión?
Son los peces que ven al acordeón
en música de sangre marginada,
cuando el ángel esconde su carnada
y detiene la vida en un arpón.

¿No conocen que tras el hundimiento
las rocas recuperan la tersura,
y que el nivel del tiempo ofrece cura
para la enfermedad del sufrimiento?
¿No sospechan que el hombre es un lamento,
presa fácil de toda idolatría?
Unas veces anuncian la herejía,
otras tantas adoran falsos dioses,
porque ocultan de Dios quejas y poses
en el libro de su filosofía.

Yo también he pecado dulcemente
sin saber la razón de mi desdicha.
Adoré tantos dioses que la ficha
cayó en mi voluntad más inocente.
(Ignorada otra vez por la serpiente,
conocí su veneno sentencioso,
ese grito de muerte malicioso.)

Tras el afán de los predicadores,
fui la víctima infiel de sus rencores
que agotaron mi sangre en el acoso.
Acto necio es gemir de mala racha,
discutir sobre un óleo que se duerme:
y el pintor con desdén de risa inerme
es un loco que a veces se emborracha.
Confunde la pistola con el hacha,
la muerte con el rictus de una bruja,
la verdad con el odio que se estruja
en el vientre infeliz de una nodriza
que nos punza el amor que no eterniza
con el óxido triste de una aguja.

EL AGUA NUESTRA

El sol nos ha enviado sus conjuros
en la tarde lluviosa de acuarela.
Preñadas nubes son la pasarela
de gaviotas que temen de los muros.

He trazado el camino, los futuros
designios que la noche satisface.
Nadie sabrá que el agua se deshace
en heridas de infieles nubarrones.
En la lluvia perdí mis oraciones.
Y de esos astros, la ternura nace.

No le temo al camino de la muerte,
porque es justo partir un día cualquiera,
cuando Dios nos obsequie la bandera
del país donde un ángel se divierte.

En el árbol no queda flor inerte,
ya maduran los frutos de la fama.
¿Cuál gotera en mi pecho se derrama?,
¿qué caudales de un río sin verano?

Hay sombras que no apuran en la mano
los colores del fuego, ni la llama.

IV

¿QUIÉN BUSCA LA ETERNIDAD?

Y, en mi ebriedad magnífica, contemplo
los furibundos dioses que en mi templo
se reparten las aguas de la gloria.

DIUSMEL MACHADO

Viósele frecuentemente restablecer él solo
su línea de batalla; cuando vacilaba esta,
a lanzarse delante de los fugitivos, detenerlos bruscamente
y obligarlos, con la espada a la garganta, a volver al enemigo.

CAYO SUETONIO

MENSAJE ANÓNIMO A JESUCRISTO, POR OCTAVIO AUGUSTO

Jesucristo:

¿Allá en su altura no recibe información de muerte y lapidación como medida segura? La tierra no tiene cura (tal vez es mejor así). Pero no me juzgue a mí por revelar el secreto ni por usar amuleto, pues yo también me perdí.

JUICIO DE UN OFENDIDO EN EL SENADO ROMANO CON OCTAVIO AUGUSTO

Los senadores tienen derecho
a hablar de los asuntos públicos.

LÉPIDO

Saltemos por amor a la pradera
tras el hermano, amando su sonrisa.
Es hermoso crecer mientras la brisa
con leve gesto barre la frontera.

El frescor es desliz de primavera
que promueve la anunciación de amigos
como una procesión por los abrigos
(lo bueno casi nunca es repetible).

Cerrémosle la puerta a lo terrible,
y abramos de una vez nuestros postigos.

REFLEXIÓN DE CAYO JULIO CÉSAR SOBRE EL GÉNESIS

Creador
del Cielo y la Tierra,
¿por qué concebir la guerra?,
¿por qué el yugo y el dolor?
Si nos hiciste al fragor
de la mujer y del hombre,
¿por qué se lapida el nombre,
tan inocente, del sexo?
¿No es el designio convexo
de la llama?
                    Que no asombre
el sufrimiento de escudo
como fatal ajedrez.
Que no mutile el revés
nuestro derecho al desnudo...
Oh dios, el hombre no pudo
en soslayada vigilia
pecar, porque no concilia
la sed que provoca el agua.
(El hombre es sólo una fragua
que en el pecado se exilia.)

UNA DOCTRINA DESVENTAJOSA. DISCURSO DE UN GLADIADOR ANTES DE SALIR A PELEAR AL COLISEO ROMANO

Felino, saltas tejados
por el mundo. La impaciencia
de tu Dios es la elocuencia
que nos mantiene extraviados
del instante —tan cansados
de salto y grito a la luna—.
Tu Dios es como ninguna
razón, ¿acaso te ofende
su risa?
                Lobo que asciende
trasnochado a la laguna,
descubres tu suerte igual
que la manada. El azote
son los ciervos del garrote,
y el bosque es otro ritual
de andamios –pero irreal.
Y saltas, tal vez enredas
tu caída en las monedas
(¡véndese un Dios en el podio!)
A veces revienta el odio
en la multitud y quedas
ungido en tu propio peso...

Felino, las sinagogas
guardan peligrosas sogas
que tensan hasta el exceso
la libertad del poseso.
(¿Dónde no hay cruz, no hay verdugos
ni dolores? En los yugos
lleva espinas el suicidio.)
Lo sabes, es un fastidio
el banquete sin mendrugos.
Y el sueño, grave en tus garras
duele con toda la euforia
de quien persigue la gloria
pero sufre sus amarras.
Qué noches del mundo, farras
encima de mucha teja
donde hasta el sueño se aleja
y salta, hacia otro cadalso.
Aquí vive un dios descalzo
con una doctrina vieja.

JUICIO FINAL EN ROMA

He recobrado el camino.
Se me ha vuelto una estocada,
pero es un barco la espada
o un esquife sin destino.
¿Dónde vuelve el peregrino?
(Salta del lecho al umbral
bajo el incendio final
de Dios, ábrese el cerrojo
cuando una mujer de rojo
perdida está en el canal.)

Perdida está en el canal
sin un salmo a su herejía.
No es proverbio la osadía
con que intenta lo infernal.
(Como una sombra banal
se llueven los enemigos.)
Otros serán los testigos
del crimen que anuncia el mundo...
¡Perdónenme, si me hundo
el final no tiene amigos!

El final no tiene amigos:
oh herejes, fornicadores,
meretrices, purgadores,
homosexuales, mendigos.
Oh lascivia en los abrigos
como un dolor de saetas.
Cuántas bahías secretas
guardan las antiguas redes
que rompen en sus paredes
el grito de los profetas.

SALTIMBANQUI

Salto, pirueta, maroma
y lágrimas tras los ojos
(cuerpo caído de hinojos
bajo el hambre que lo toma).
Hay una cruz que se asoma
cuando salta la inocencia
tras la suave adolescencia
que abre un terrible arrebato
(niñez con miedo al retrato
mordido por la impaciencia).

LAMENTOS ESCUCHADOS A EIFFEL

La gente razonaba de esta manera: lo esencial de la empresa
es el pensamiento de construir una torre que llegue al cielo.
Lo demás es del todo secundario. Ese pensamiento,
una vez comprendida su grandeza, es inolvidable:
mientras haya hombres en la tierra, existirá también
el fuerte deseo de terminar la torre. Por consiguiente,
no debe preocuparnos el futuro.

FRANZ KAFKA

La verdad es que la escritura, hoy y frente a esto,
me parece la más banal de las artes, una especie de refugio,
de disimulo casi,
la sustitución de lo insustituible. El Che ha muerto
y a mí no me queda más que silencio, hasta quién sabe cuándo;
si te envié este texto fue porque eras tú quien me lo pedía,
y porque sé cuánto querías al Che y lo que él significaba para ti.
Aquí en París encontré un cable de Lisandro Otero
pidiéndome ciento cincuenta palabras para Cuba.
Así, ciento cincuenta palabras,
como si uno pudiera sacarse las palabras del bolsillo
como monedas.
No creo que pueda escribirlas, estoy vacío y seco,
y caería en la retórica.

JULIO CORTÁZAR

No caigo. Escucho las voces

que cuestionan mi estructura
(¿por qué me envidian la altura
con designios tan atroces?)

Si el mundo sabe otros goces
que el tiempo no cristaliza,
¿por qué arrojar la ceniza
contra un tiempo que perdona?
¿Por qué mi edad obsesiona?

¿Es que París agoniza?

DESDE MIS LIRAS PROFANAS

El estudio de la belleza es un duelo
en que el artista da gritos de terror
antes de caer vencido.

CHARLES BAUDELAIRE

Laten en mí las campanas
que me niegan el bautismo.
Imploro a Dios como el mismo
Judas que ató las ventanas
del dolor.
(Y son profanas
estas liras de pasión).
Truena el volcán, el turbión
barre el mar de mis antojos
y escapo de los despojos
fatales de la razón.

ALTO MAR DE MIS LLAGAS

(Descartes, ¡no te inmiscuyas en mis reflexiones!
Traigo un mundo encerrado, un poeta es un ser distinto.
Se ordena en el mundo y evoluciona, quiere transformar
la realidad, y al final sigue siendo una carga,
la misma carga del primer día.
Nos adentramos en caminos irreversibles,
después comprendemos que existe un solo camino
y un solo hombre para hacer del universo otra razón de vida).

Yo soy del mar la tristeza
arrepentida en el fuego
turbio de Olokun. Y ruego
descifrarme en la tibieza
de un hombre feroz que empieza
a matarme la costumbre.

Un grito de incertidumbre
me desfigura la voz.
(Es la venganza de Dios
por acercarme a la cumbre).

DICTAMEN

...la confusión y la maravilla son
operaciones propias de Dios
y no de los hombres.

JORGE LUIS BORGES

Padecemos nuestra raza.
Nuestros himnos esporádicos
recuerdan rituales sádicos
que una oscura luz disfraza.
Hombres que ternura traza,
un profeta vendrá luego
para que el Árbol del Ruego
no se nos queme con ira
y besemos la mentira...
¡Salvemos, con agua, el fuego!

Somos víctimas del hombre,
del miedo, también de Dios
que nos somete la tos
por lo que no tiene nombre.
¡El pecado, que no asombre!
Somos víctimas de Adán
que no comprendió que el pan
era mejor que el trabajo.
¡Cuánto sufren los de abajo!
¿Los pobres, adónde van?

El mundo es una doncella
que abre las piernas al ruego
divino. El mundo está ciego,
dormido sobre una estrella.
Gira la luz y la bella
mujer es tan incitante
que busca cualquier amante...
¿Qué fragor el diablo expira?
Dios se despierta y delira
su ensangrentado diamante.

BENDICIÓN

Traigo un fluido que hiere,
una causa que se inmola,
viudez de quien sufre sola
en la verdad que se infiere.
A quien la justicia diere
ofrezca un laurel el mundo:
el agua, grito rotundo
como mejor testamento;
la vida, dulce tormento
que muere en cada segundo.

¿Quién ve la corona fiel,
o la justicia atrayente,
la piedad del elocuente
disfrazada por la miel?
¿Quién esconde en su vergel
un signo para el enfado?
¿Y quién nos deja clavado
el pecho en tanta demora,
con una daga traidora
para juzgar el pecado?

CULPABILIDAD Y AMNESIA

El mundo, ciervo culpable
de aterrados y platónicos,
que en los baños hipertónicos
sueltan la sal y el viable
destino de usar el sable.

El efluvio es la tortura
de un dios que a veces conjura
y teme de quien desata
en su pecho una fragata
de impaciencia y de locura.

¡Qué desazón, la serpiente:
y los hombres en su duda
tienen la palabra muda,
pero el garrote elocuente!
¿Quién arroja el displicente
dolor de la nueva herida?
En el circo del suicida
natural de cada hora,
vivo de frente a la escora
turbulenta de la vida.

Nosotros, panes o peces,
sangre brutal y homilía,
diente de perro y porfía,
hombres, caballos en creces
espinas, cárceles, nueces,
desmemorias del latido,
litigantes al descuido
que padece el universo.
Somos la muerte, el anverso
de la flecha de Cupido.

EROS SE ME HA VUELTO INFIEL

Eran millones de almas, las que ganaríamos a nuestra santa
religión, cumpliendo con el mandato de Cristo a los Apóstoles.
Éramos soldados de Dios, a la vez que soldados del Rey,
y por aquellos indios bautizados y encomendados,
librados de sus bárbaras supersticiones por nuestra obra,
conocería nuestra nación el premio
de una grandeza inquebrantable, que nos daría felicidad, riquezas,
y poderío sobre todos los reinos de la Europa.

ALEJO CARPENTIER

Lascivia en la miel de Ochún
(santo crujir de ventanas):
arden sentencias, son ganas
de abrir fuego junto a Ogún.
Quien me dice: Rent for room,
me desnuda. Quien resume
mi voz, el ansia consume.
Me duele no ser orisha.
Voy al tablero, ¿qué ficha
he de mover?

(Pase y fume:

mi cuarto anochece abierto
de goces).
Quién me adivina
si el Ave Fénix termina
sangrando por un concierto.
Cruzo otra vez, cruzo, es cierto
que Changó me desorienta
con la espada que descuenta
el aire a mi trayectoria.
La noche llora mi euforia
curada de la tormenta.

¿ELEGGUA ABRE CAMINOS?

(El profeta escogió el ángel de la adivinación,
produjo la suerte del poeta. Demostró que cada laberinto
era un nuevo sitio para esconder al hombre.
Orfeo era una música del alma y Salomé danzaba
sólo para aumentar la ira. Strauss prestó los siete velos
y el público aplaudió la sensualidad sin comprender la muerte.
Más tarde caminé hasta la montaña y un predicador
me sembró el arrepentimiento).

Prodigio que se desborda
en crucigramas desnudos,
saltan caracoles mudos
(aunque no ciegos) la sorda
palidez de quien no aborda
reclamos, cuando su Eleggua
abre caminos.
La legua
que transita en un disparo
cruza las alas del faro
e invoca la última tregua.

CONVERSACIÓN DE JULIO CÉSAR Y GERTRUDIS GÓMEZ DE AVELLANEDA

(Los emperadores no temen a los truenos, sí a su sonido.)

EL CÉSAR: —Ser Julio y temerle a un trueno es una trampa infalible, porque la luz no es audible y mata al hombre y al reno. El supurante veneno es a los dioses infiel. He de acallar el tropel con el sabio que tropieza y me pone en la cabeza mi corona de laurel.

LA TULA: —Eres un hombre cobarde que ha matado como fiera, mas tu cuerpo reverbera de susto. Y es puro alarde cuando, demasiado tarde, un trueno te hace gritar... ¿No sabes que claudicar es un camino de bilis donde se pierde una Willis con el ansia de triunfar? (Yo soy una poeta airosa que se enfrenta a la maldad, y a la triste sociedad que le confina la rosa.) Han puesto sobre mi losa la corona de laurel, adonde vertí la miel de una tierra que prefiere lo culto del que no hiere, y vive en su ínsula fiel.

EL CÉSAR: —Mujer poeta, te castigo a morir bajo mi nombre (el coliseo es un hombre que me ha prestado su abrigo). Mis dioses darán el trigo para hacerte hembra de ley, con vasallos, y la grey que en mi ejército se alista. Yo te ofrezco la conquista del pueblo de Camagüey.

LAS CIEGAS ESPIRALES

El mundo tiene locos y traidores
que disputan la escasa subsistencia
aferrados al dios de la demencia
en un baile de crueles estertores.

Son verdugos del miedo acusadores,
y en la fachada esconden su martirio.

Sin espinas la rosa no es el lirio
y sin dolor la herida no es paloma.

Y la muerte precoz, aunque se asoma,
no es pezuña fatal de mi delirio.

INCERTIDUMBRE O MÚSICA TRISTE A LA ETERNIDAD

Leves marcas y rasguños
deja el péndulo en la piel
(es huracán, rasgo infiel).
El hombre sufre los puños.
Mis arrugas son los cuños.
¿Cómo pensarme nirvana
en ese tiempo que hilvana
su majestad y destierro,
si Satanás alza el hierro
y Dios se peina una cana?

Nadie puede maldecir
la decisión que es de Dios
(envejecer en su tos:
discurso del porvenir.)
El hombre debe sufrir
el pecado universal
que lo llevó a ser letal,
ingenuo de la vigía:
la subyugante homilía
de Dios convierte el ritual.

Enajenación caótica
en caminos del infierno,
desdice al ángel eterno
con su dimensión exótica.
Una sociedad sicótica
es la que predice al mundo
su fin de grito rotundo.
(Apocalipsis de raza
que en su naufragio adelgaza
embriaguez del nauseabundo.)

La eternidad me complace,
y ante un jinete suspiro
para salvar el retiro
que mi naufragio rehace.
El final no sólo yace,
puede hundir la servidumbre
y proclamar esa herrumbre
en quien presume de ético
y nos devuelve su emético
para escapar a la cumbre.

INTENTO DE PREDICACIÓN

(La fe tiene un camino inolvidable, nos hace recorrer décadas,
hundirnos en el fango, creer que el lodo no hace padecer la suerte.
Buscar La Barca de Galilea, sin permitir que los pescadores
participen de la historia. Queremos nuestra propia conversación
y discutimos seriamente con Nietzsche cuando dice:
"Se esconde en el lenguaje una mitología filosófica".
Mi diálogo sagrado es autárquico, aunque no voy a aislarme,
comenzaré una nueva era y mi predicación hallará un sitio
en el lado más débil de la luna).

He conocido a Jehová
y el mundo cambió su duelo.
(Eché el dolor sobre el suelo,
y la causa nueva está
bien fuerte.) Mi nombre va
al Edén que yo eternizo
donde no existe el hechizo,
la muerte, fragua de arpón.
Me ha tocado el corazón
que antes temblaba enfermizo.

Busqué el amor, estertores
de la pasión, y los áticos
era pasajes traumáticos:
Dios danzaba en surtidores
caminos, donde hay fragores
del prójimo que ha pecado,
y no conoce que al lado
existe un mundo de luz
en el llanto de Jesús
que el hombre ha vilipendiado.

Desato todos los peces
de la cárcel del furor
de aquel francotirador
que maltrataba los jueces,
por decir lo que yo a veces
callé por otra leyenda...
y supe que no hay ofrenda
más culpable en la mentira
que revolcarse en la ira
con los ojos tras la venda.

DECISIÓN DEL QUE NUNCA LLEGÓ

Yo tendré que negar la pantomima
que han puesto los halcones en mi nube.
El baile es desazón de algún querube,
y me aguanto sin miedo a mi doctrina.

Orfeo tiene cuerdas y domina,
no podrá maldecir esta tonada,
aunque medie entre música y espada
mi cintura que irradia cascabeles.
Los dioses nunca dicen que las mieles
irán al río como las cascadas.

Nos imponen las águilas tortuosas
por el cielo en su viaje sibilino,
presagian la elocuencia de un ladino
ante el mundo protervo.
(Dios, rebosas
nuestras uñas y pinchas las valiosas
efigies que resguarda la prisión.)

Existe tras el agua el aluvión,
las piedras que sostienen tempestades
y vienen a trazar las oquedades
en las que el hombre cifra su razón.

ANTE DIOS

A que la lengua, pez indócil, arda
junto a la cruz de esponja
en esa hoguera donde Dios
hila y tuerce sus estambres.

JESÚS DAVID CURBELO

A veces yo me pregunto
si voy a medir las horas
por el miedo a mis demoras,
y escucho: Las doce en punto.
No he pensado que un difunto
deja el reloj de amenaza
sin un destino, una taza
donde beber su café.
(Yo no he pensado en la fe,
la fibra el grito disfraza.)

Soy la sombra en el encierro
con una cruz y una foto,
y soy el hombre devoto
del verdugo y el cencerro.
Alguien se afirma en un perro
(otra máscara que agrede),
pero el pánico no cede
al sopor que lo envenena,
pues le aturde esta condena
de oscuridad.
                    Nada puede
vencer a los homicidas,
ni al parco, ni al conceptual.
Somos víctimas, ritual
que maldicen los suicidas.
Nos inventamos vencidas
razones de muerte infiel;
pero está en fuga la miel
sin noche ni desnudeces,
porque un enjambre de peces
se desborda en el papel.

II

He visto los caminantes
—calzándose las espuelas—
prender angustiosas velas
para sus ojos errantes.
(Se van a ruidos distantes
para vencer sin los besos.)
Acá reposan los huesos
que ya no tienen apuro.
Allá plegarias, conjuro
sin Cristo ni los confesos.
Acá se pierde un mendigo
en la sangre que le intuye
(la prostituta rehúye
a ser del final testigo).
Allá Dios busca un amigo
que siga su propio trazo
de amor (tal vez un pedazo
de rabia que le desmiente:
complicidad inocente
antes del último abrazo).

III

El tiempo devuelve al hombre
la paz, luego precipita
su rumor donde se agita
—fuego, dolor—.
                              No te asombre
nada, Dios, ¿no es este el nombre
que pusiste a la traición?
¿No adviertes la salvación
en promesas ancestrales?
Los de la cruz, con sus males
nos salvan, ¡qué perdición!

También se desangran olas
en el mar oscuro y triste.
¿Dónde estás? ¿Cómo pudiste
ser brutal con mis corolas?
Se me desatan muy solas
más allá de esta otredad,
las letras de una verdad
que se ha marchado al abismo.
No soy yo.
                Eres tú mismo
quien busca la eternidad.

IV

Llanto en el puente.
Risa inconclusa.
(Dios se rehúsa).
Grito inocente.
El cielo miente.
Crujir de muros.
Los inseguros
cierran sus ojos.
(Tristes cerrojos
sin fuego, oscuros).

V

Tiempo, música del arpa
cuando responde un violín,
en el salto de un delfín
duele que mi nave zarpa.
(Pesa en los hombros la carpa
con su vieja galería
de trucos).
                Dios me porfía
que es un circo momentáneo
la muerte. Pesa en el cráneo
otra sagrada ironía...

VI

En el aire me desdoblo tras la noria
de la vejez.
                    El naufragio de una nube
es mi nombre, como el silencio que sube
donde Dios hila y nos tuerce la memoria.
(Tras los muros de mi edad bebí la euforia.)
Justamente a las doce salté los trenes
del miedo.
                    Me he refugiado en los vaivenes
de mi orfandad. Mi estupor salvó el hallazgo.
¡Traigo el vuelo para fingir que no yazgo,
que escapé... adonde los últimos rehenes!

VII

La muerte no calcina mis alcoholes
(mi carne es vendaval de otro vacío).
En los huesos me ataca todo el frío
que no tuve al pasar por otros soles.
Lúbricos se derraman mis bemoles
huyendo a esta embestida de la fiera:
pero no queda más, ya no hay manera
de escapar a la luz.
                              Voy a lo eterno.
Mansamente, me lanzo hasta el infierno...
¡A purgar mis pecados, a la hoguera!

La música, el canto y la danza de los griegos

Apasionaban a los romanos, como sus pedagogos y escritores...

Bruno Rosario Candelier

EPILOGO

La décima en Cuba es la estrofa que expresa el sentir de los campos y ciudades, tiene diferentes cúspides, tanto en la forma oral como escrita, ya no es solamente la música de los campos, también es arte de la palabra.

Existe en la Isla un discurso femenino que aborda varios temas, en ellas emanan fulgor, contrariedades, amor y filosofía. Escriben una décima interesante; desde los temas se ponen a la defensiva, tienen lenguaje fuerte y rotundo, no tienen nada que envidiarles a las décimas escritas por los hombres, sin embargo, he notado que algunas escriben desde otras voces, digamos que en ocasiones se colocan del lado de los hombres y hablan como (él) y en otros como (ella), es la forma de lograr un discurso donde demuestran sus sentir filosófico y contradictorio.

El libro Los césares perdidos de Odalys Leyva es uno de los proyectos que ha obtenido el premio Cucalambé, lauro principal de la décima escrita en Cuba; ella se desdobla en diferentes voces: Cleopatra, Julio César, Calígula, Tolomeo, Arsinoe, Ganimedes, entre otros.

La historia la seduce y en diferentes etapas de su creación ha escrito sobre los que considera grandes hombres de la humanidad. Prefiere ponerles voces a los personajes hasta darle vida. Toman sustancia en este libro odio, amor, traición, violencia, infidelidades, erotismo, religión y costumbres de la piel. En ella despiertan los césares, y cantan sus artilugios de Roma y Grecia, en ella irradian mujeres del mundo antiguo y de la actualidad.

Norge Sánchez, Venezuela, 2020.

ÍNDICE

OTROS TITULOS DEL AUTOR

Meditación del cuerpo (2005)

Ciudad para Giselle (2005)

Antología Oral Traumática

y Cósmica en las décimas de Odalys Leyva (2005)

Crónicas de las pirámides del fuego (2006)

Presagio que intimida las raíces (2006)

Carta Lirica (2006)

*Convicta de la gloria (*2007)

Diálogo sagrado de las vírgenes (2008)

Pacanda (2008)

*Los Césares perdidos (*2009)

Antología de la poesía erótica de Odalys Leyva, (2009)

Controversia y aplomo, (2010)

Los Guevos de Machu Picho,

teatro malárico y otras representaciones, (2010)

Antología Cuatro poetas de Oriente (2011)

Sonetos a la Buena Muerte (2011)

Antología de Sonetos Oral Traumáticos (2012)

Cuatro voces y un concierto, (2012)

Fundiendo sus voluntades (2013)

El Apocalipsis no niega las palomas (2014)

Fantasmas Insulares (2014)

Crónicas naturales (2014)

Controversia y Aplomo (2014)

Parnaso de la Glosa Cubana (2019)

Perversas mujeres contra el muro, (2020)

Embestidas de la piel, (2020)

Los cesares perdidos (2020)

La venganza del contrario; (2020)

Que Dios los perdone, (2021)

Las dagas del exilio, (2021)

Seducción y poder (2021)

Maldiciones de mujer (2021)

El apocalipsis no niega las palomas (2021)

La lengua es un siglo oscuro (2021)

Convicta de la gloria (2021)

Ciudad para Giselle (2021)

Embestidas de la piel (2021)

Fantasmas Insulares (2021)

Dolores para olvidar el sueño (2021)

Meditación del cuerpo (2021)

Sortilegio del cuervo (2021)

Fiebre de otoño (2021)

Diálogo sagrado de las vírgenes (2021)

Presagio que intimida las raíces (2022)

Perversas mujeres contra el muro (2022)

DATOS DE LA AUTORA

Odalys Leyva Rosabal: San José de la Plata, Cuba (1969), Máster en Ciencias, Aspirante a Doctora en Ciencias Pedagógicas. Presidenta del grupo internacional «Décima al filo» y del grupo de «Poetas y Escritores Universales»" para Cuba (2021). Ha publicado más de treinta libros en Cuba, México, España, Venezuela, Estados Unidos y Panamá.

Ha recibido invitaciones, publicaciones de libros y promociones de su obra por el Frente de Afirmación Hispanista de México, A.C. (2005-2021). Ha obtenido premios y reconocimientos por varias instituciones culturales de Cuba y del mundo.

NOTA DE CONTRACUBIERTA

El libro Los césares perdidos de Odalys Leyva es uno de los proyectos que ha obtenido el premio Cucalambé, lauro principal de la décima escrita en Cuba; ella se desdobla en diferentes voces: Cleopatra, Julio César, Calígula, Tolomeo, Arsinoe, Ganimedes, entre otros.

(...)

Prefiere ponerles voces a los personajes hasta darle vida. Toman sustancia en este libro odio, amor, traición, violencia, infidelidades, erotismo, religión y costumbres de la piel.

Norge Sánchez, Venezuela, 2020.

Los Césares perdidos, un bien construido retablo recontextualizador de aquella Roma clásica de república y esclavos y senado y dictadores, con cuya arquitectura grave y aristocrática se diría que ha sabido Odalys Leyva contaminar la armazón léxico-tropológica de su conjunto poético.

(...)

Porque estos Césares no son perdidos por haber quedado ha mucho en páginas remotas: Su perdición estriba en el extravío de lo esencial humano, y ello pasa por el olvido de la veneración a que convoca el maravilloso origen natural de la criatura.

Pedro Péglez González, Ciudad de La Habana.

Cacique Turquino
Fundación Editorial

www.ingramcontent.com/pod-product-compliance
Lightning Source LLC
LaVergne TN
LVHW010607160826
845677LV00013B/3293